# Idiotas felizes

J. L. Silva

*És precária e veloz, Felicidade.*
*Custas a vir e, quando vens, não te demoras.*
*Foste tu que ensinaste aos homens que havia tempo,*
*e, para te medir, se inventaram as horas.*

*Felicidade, és coisa estranha e dolorosa:*
*Fizeste para sempre a vida ficar triste:*
*Porque um dia se vê que as horas todas passam,*
*e um tempo despovoado e profundo, persiste.*

**Cecília Meireles,**

Epigrama n.2

*Ao Marco, por ter estado ao meu lado*
*numa das jornadas mais fantásticas da minha vida*

# SUMÁRIO

**Idiotas felizes**

A vida seria muito mais fácil
se eu fosse um daqueles
idiotas felizes

se eu não preocupasse
com o mundo
se eu não penasse
com as dores dos outros
se eu não sentisse
desgosto profundo
se o tempo não me passasse
em sopros

se eu me contentasse
com pouco
se eu esquecesse
por um segundo
se eu me deixasse
ser louco
se um pouco mais fosse
vagabundo

se eu me focasse
na fachada
se eu não pensasse
em estudo
se eu não ligasse
para nada
se eu não me importasse
com tudo

se eu mudasse o que é falho
e todos esses enganos
talvez assim pudesse
ser muito menos
problemático
se eu vendesse trabalho
por qualquer dinheiro
que me rendesse
um mês inteiro

sabático

daí teria o que sempre quis
deixaria de ser pragmático
e seria ser humano prático
idiota, porém, mais feliz

**Poema triste**

Um poema triste
é mais verdadeiro
que o mundo inteiro
pois não finge alegria
que não existe

**A verdade**

A verdade
quer queira ou não
é que muitos poucos sabem
por que palavras poetas invadem
quais segredos eles detêm?
seria o tédio uma razão?
por que escrevem como reféns?

Bom, não contem a ninguém
o que agora descobrirão:
a verdade que os poetas retêm
é que todo poema é solidão

**Sorrisos**

Prefiro sorrisos
sinceros
por mais que breves
discretos
não os escancarados
perversos
então prefiro sorrisos
roubados
àqueles dispersos
e incertos

Prefiro sorrisos
breves
não os longos
forçados
mas os leves
porque sorrisos
cansados
aqueles perdidos
nos lábios
não mais me servem

**Tão pouco**

Muitos amam poucos
alguns amam metade
outros amam todos
poucos amam muitos
metade amam alguns
todos amam outros

O amor é coisa de louco
como podem amar tanto
e ao mesmo tempo tão pouco?

**Poema morto**

A poesia está morta
seu tempo já passou
a prosa é o que importa
mas mesmo assim
poeta morto-vivo sou

Mas já tracei uma rota
seguirei a linha reta
da fuga, da porta
pois já foi dito, o poeta
foi ao inferno e voltou

Prepare-se, Dante
não mais será
o único andante
que os Sete Infernos
avistou

Acabarei com a poesia-morta
pois trarei comigo uma horda
de poetas-mortos-vivos
necromantes berrantes, todos
que algum dia, rimas soprou
E as palavras ditas e escritas
serão repetidas
e ganharão vida
com todos os versos
de quem já amou

**Vou ando**

Ando tão perdido
que nem sei
por onde ando
ou o que faço
procuro um abrigo
ou um ombro amigo
quem sabe um abraço

Ando tão perdido
que nem sei
o que estou procurando
quem sabe um canto
uma fuga
alguma ruga
que me cause espanto

Ando tão perdido
que nem sei
o que estou esperando
do meu futuro
ou do presente
só espero descontente
a colisão com o muro

Ando tão perdido
que nem sei
por que estou voando
apenas vou com calma
pra seguir além
desse céu que contém
metade de minh'alma

## Milamores

Não sei o que faço
com tanto amor estocado
dentro do peito

amor que toma espaço
que deixa coração apertado
amor que não tem jeito

e esse peito estreito
de tanto amor guardado
acabará estourado

e então meu coração
será mil pedaços
voadores

mas quem sabe,
com o estouro feito
esses mil pedaços
sejam perfeitos
pra guardarem
tantos e tantos
amores

**Passatempo**

passa mundo
passa vida
passa lento
passa segundo
passa perdida
passatempo

passa dia
passano
passa ligeiro
passagonia
passa engano
passageiro

passa rio
passa mar
passador

então por que não passa
por que não passa
esse amor?

**Amar pelos dedos**

Ninguém entende
por que passo
o tempo inteiro
a amar-te
num mundo alheio

Ninguém sente
esse inchaço
tão certeiro
que me parte
o coração ao meio

A saudade não cabe
num pedaço
numa metade
é preciso o todo
pra ser unidade

Assim eu me perco
nas mensagens
nas conversas
entre juras repletas
dos nossos medos

Mas um dia eu me acho
em meio aos teus beijos
em meio aos teus braços
pois esse é o maior desejo
de quem ama pelos dedos

**Teus mistérios**

Não há quem decifre
a tua Esfinge
os teus mistérios

Mas me digas
por que tanto
finges?

Se queres ser levada à sério
nada mais que verdades antigas
profiras

Até acredito
que depois de tantos
impropérios

Estejas perdida
dentro do teu próprio
labirinto de mentiras

**A geografia dos espaços**

Escolhi poesia
porque de geografia
nada entendia

Como pode
um só traço
num compasso
virar segundo?

Como pode
um vão no peito
ser tão estreito
e tão profundo?

Como pode
num curto espaço
dum abraço
caber o mundo?

**Descaminhos**

Os descaminhos
por onde caminho
são, sim, tortos
mas quem foi que disse
que o desalinho
é algo errado?

Vejam só a perfeição
das curvas
dos corpos
das mulheres
que tanto me turvam
a visão

Os descaminhos
por onde caminho
são tão lindos
quanto os dentes tortos
do sorriso
de quem ama

Os descaminhos
por onde caminho
são como o vale dos mortos
pois só quem morreu pra vida
triste, vazia, esquecida
enxergará as pessoas-destroços
perambularem na escuridão

**Ode de solidão**

A ode
da solidão
é composta
só
por
apenas
uma nota:
Dó

**Águas belas anis**

Quero mais é amar
viver paixão louca
correr sem roupa
nas areias do teu mar
e navegar os teus desejos
como se fossem meus

Quero mais é ser feliz
aprontar as minhas velas
velejar pelas águas belas
dos teus olhos anis
ao saborear todos os beijos
que ainda não me deu

**Arroxeado**

Hoje meu dia
acordou arroxeado
como trauma
de pancada
como pós
contusão

Hoje meu peito
padece nublado
com muitas
nuvens
com raio
e trovão

Hoje meu dia
amanheceu machucado
com casca
e ferida
com pus
de infecção

Hoje meu peito
madrugou alagado
após chuva
pesada
dum pós
furacão

**Sorocaos**

Apesar da saudade
que às vezes me invade
não posso negar
que naquele lugar
naquela ambígua cidade
poucos sabem amar

A maioria prefere
essa paixão que fere
a dor total
mas quem sabe difere
o bem e o mal
de Sorocaos

**A vida segundo um dente-de-leão**

Primeiramente, não sei por que
chamam-me por este nome
não sou leão, não tenho dente
nem tenho boca pra comer
e também não tenho fome

Segundamente, não sei por que
sopram-me pelo ar, pelo mundo
e já que vou prum fim eminente
queria pelo menos poder escolher
a direção do meu voar moribundo

Terceiramente, não sei por que
pensam que os dentes-de-leão
apesar de soprados forçosamente
possam com um só botão viver
nós não nascemos pra solidão

Ultimamente, não sei por que
andei pensando na morte
talvez por ter tanta gente
disposta a me colher
e assoprar-me por esporte

Finalmente, só queria dizer
que se é pra fazê-lo feliz
tem minha permissão
serei seu dente-de-leão
como sempre quis
assopre, meu bem
aquele sopro sem aviso
quem sabe assim, talvez
possa por uma última vez
ser a felicidade de alguém
ao arrancar-lhe um sorriso

**Culto oculto dos vultos**

Cultuo espíritos
dos amores
que me passaram
e não deram
em nada

cultuo rostos
dos sorrisos
que me negaram
instantes
de felicidade

cultuo corpos
espectros mortos
de desilusões
e de tudo
que foi em vão

cultuo poemas-filhos
soltos, espalhados
em qualquer canto
que os caiba
versos bastardos, sim
confusos e obscuros
mas todos partes de mim

## Rosas e abismos

Dentre rosas e abismos
foi-se a vida
nos passos das horas
e tantos descabimentos

Através dos mecanismos
de amores suicidas
anos se foram embora
dentre tantos juramentos

**Desexistir**

Desexistir, nada mais é
que deixar de existir
evaporar-se no ar

é diferente de inexistir
porque o inexistente
nunca esteve presente
pra poder sumir

é sumir e sumir e sumir, até
não saber mais o que é
não saber de onde vem
também é estar no além
desexistir é o antes de tudo
antes de inexistir o existente
antes da dor pulsante e latente
que é estar perdido e confuso
desexistente no meio do mundo

mas não desisto
mesmo sem querer
 viver

pois se desexisto
não posso mais
ver você

**Metapopeia**

Primeiro, surgiu a prosa
e a ideia de poesia
antes mesmo da trova
vinda duma metáfora
entre sonho e realidade
a rodar mundo afora

A elipse surgiu numa noite
em que o sol e a lua
saíram pra brincar
eu vi da rua, o eclipse
da elipse, no céu dançar

A metonímia brotou da terra
e das manias mais estranhas
dos contadores de histórias
e dos trovadores

a perífrase, das ideias
dos amores, das epopeias
a resumir as dores
de quem ama
em onomatopeias

A elisão surgiu na explosão
de palavras recolhidas
pelo coração dos apaixonados

o animalismo é puro instinto
do naturalismo humano
animal que saiu do abismo
de mágoa e ciúme, do realismo
da loucura do primeiro amor

A metalinguagem nada mais é
que a primeira viagem
dos desbravadores dos poemas
quando poesia e humanidade
fizeram, um ao outro, companhia
e saíram pra passear
levando as letras, as palavras
rodando noites e dias

Contudo, porém, nem metáfora
metalinguagem ou metamorfose
ou quaisquer outras metas
responderiam o porquê
de um amor que não se cala
então, esse amor, surgiu donde?

Veio donde não se esconde
dum lugar que não se abala
ao ter um verso soprado
ao pé do ouvido
surgiu em festa
na fresta do vão da vala
encontrada no peito
de todos os poetas

**Anoitecia**

Anoitecia...
e as crianças
não eram mais
crianças
pois dominavam
a noite

Anoitecia...
e nas infâncias
ninguém jamais
tinha esperança
concordavam
com o açoite

Anoitecia...
e os bandidos
eram meninos agora
meninos perdidos
sonham
em ser achados

Anoitecia...
e os repreendidos
iam-se embora
sem ter aprendido
choram
enclausurados

## Arte de ser parte

Ah!, o que falar sobre a arte,
não existe algo mais sublime
é coisa bela, é coisa linda
em mim, coisa finda
feita em verso e prosa,
que sensação maravilhosa
é poder ser uma parte
da beleza que a arte exprime

ser poeta me define
às vezes, acredito
que sou feito de versos
de histórias e mitos
todos meio incertos
e partes do meu infinito

## As folhas

A dança das folhas
ziguezagueando ao vento
imitam o movimento
do meu coração
quando estou junto a ti
não tenho escolha
mesmo sem querer
as folhas me lembram você
por isso serei brisa
que se contenta
que se realiza
apenas com um sopro de verão
não vou mais insistir
se meu sentimento
não é pra você, então
serei como o vento
você será as folhas
e o meu maior intento
será fazê-las dançar
na palma da minha mão

**Paulistania desvairada**

Por que minha casa
não apaga, só abrasa
essa vontade, essa saudade
e essa espera
que me dói no peito?

Por que meu coração
só diz não, não abre mão
só quer voltar, pro lugar
que considera
tão perfeito?

Não tem jeito
o espírito definha
porque é sagrada
é interna, é eterna
toda essa minha
paulistania desvairada

**Passos lentos**

Sinto-me perdido
parado no tempo
o mundo gira
a vida passa
enquanto sigo
quase inerte
a passos lentos

sinto-me ambíguo
em meio ao tormento
alguém me fira
nessa carcaça
pois em perigo
quem sabe desperte
meus sentimentos

**Bêbados das esquinas**

Eu vejo os bêbados dos bares
e compartilho suas dores
afogadas em alegrias
trazidas em copos
americanos

eu adoro os bêbados
nunca tive medo
nem quando criança
pois pra pessoa ser assim
é preciso coragem
e ser gente fina

é verdade que existem os chatos
que gritam, que xingam
que fazem alarde
mas também há os inquietos
os risonhos e os filosóficos
que espalham suas doutrinas

mas quem um dia
já não passou da conta?
encheu a cara e acabou
na porta de uma menina
e gritou, suplicou, chorou
de forma repentina

os bêbados deveriam
ser nomeados
como os arautos da dor
de todos que um dia amou
e acabou sendo abandonado

todos nós carregamos essa sina
de amar e sofrer, é rotina
então, se for pra sofrer
que seja bebendo
no bar da esquina

## Abservar

A arte da abservação
constitui-se em adquirir
somente por observar
pessoa, situação ou lugar
e absorver experiência pra si
sem precisar vivenciar a situação
abservar é aprender sozinho

mas há quem diga que isso
não seja possível não
que só mesmo vivenciando
todos esses desmandos
aprenderemos a lição
e cumpriremos compromisso
com os problemas dos nossos caminhos

como podem negar a existência
de um ser que sente quase tudo
de alguém que viveu por osmose
observando emoções, dose em dose
chegando a conhecer o vasto mundo
de tanto ganhar e tomar consciência
através de várias vidas indiretas
Então me escutem, meus senhores
nunca será preciso sofrer ou morrer
para se ter mais e mais sabedoria
pois aquele que observa e vivencia
todas as experiências de outro ser
também aprende com suas dores
em resumo, abservar, é ser poeta

**Humanimais**

A maldade que me habita
não é nada especial
mas certo tempo pensei
que poderia ser diferente
uma quimera
no corpo de gente

Mas descobri que as feras
são totalmente iguais
em qualquer canto do mundo
pois no fundo no fundo
todos nós somos
humanimais

**Flor de maio**

Guardo os suspiros
que você me deu
como se fossem meus
e vira-e-mexe os aspiro
e sinto seu perfume
cítrico e doce
flor de laranjeira
e sem querer, transpiro
como se fosse a primeira vez

Sem perceber, vou além
inspiro-me, escrevo versos
melancólicos, saudosos, incertos
e volto pro nosso mês
meu peito dói, chora
pois desabrocham as flores de maio
mas eu sei que você não vem

**Sonhos perdidos**

Fico satisfeito
ao ver sonhos
sendo realizados
sabe, aquele sujeito
todo risonho
por ter conquistado
seu devido lugar

sofro muito
ao ver sonhos mortos
despedaçados, jogados
nessas estradas,
dessas jornadas
de tanto ópio
pra tantas dores

se pudesse
resgataria todos
os sonhos perdidos
e os faria a cada um
dos seus donos
voltar

mas sonhos esquecidos
não nos dão ouvidos
pois só podem
ser resgatados
por quem os tenham
sonhados

**Crimbar**

Ah, cansei de algumas palavras
e meus anseios não se calam
não quero mais saber de fonética
daqui por diante, esquecerei a métrica
que as palavras exalam

por exemplo, não quero mais dizer carimbar
daqui por diante, crimbar já é o suficiente
aliás, acredito que somente duas vogais
sejam necessárias pra se dizer quase tudo
até porque tem muita palavra distante
das etnias, das nossas origens animais
então vamos falar através de guturais
e passar a utilizar apenas consoantes:

vc, tbm, td, qnt, S, N, bb, mlk, pqp, ppk

**Pela verdade**

Gosto é de gente
muito triste
aquelas pessoas
mal-humoradas
que nem respondem
um bom dia

porque esse tipo
de gente triste
não insiste
em fingir ser boa
não fingem nada
não se escondem
em hipocrisia

gosto ainda mais
de poetas tristes
que não cantam
felicidade
mas que carregam
nos ombros
os seus escombros
seus versos sofridos
sua poemicidade

pois através dessas rimas
mesmo que sejam
repetidas, cansadas
ou até roubadas
poetas triste cantam
e encantam
pela verdade

## Toda amargura

toda amargura
toda tristeza
toda solidão
toda desilusão
toda incerteza
toda loucura
toda maldade
toda tensão
toda secura
toda negrura
toda aflição
toda saudade
AMAR CURA

**Coração abrasado**

Meu coração congelado
é tão frio, mas tão frio
que já causou
muitos arrepios
apenas com versos
soprados

Meu coração amornado
é tão ameno, mas tão ameno
que já deixou
muitos sofrendo
através de olhares
ignorados

Meu coração abrasado
é tão quente, mas tão quente
que já marcou
muita gente
sem nem mesmo tê-las
tocado

**Tempo de colher tempestades**

Desculpe-me, pai
mas o tempo voa
a noite cai

acabou-se a loucura
acabou-se o pranto
o olho censura
lágrima à toa
mágoa que não sai

as vozes ecoam
o coro ressoa
de quem espantou
então, agora
vá embora
e colha
tudo aquilo
que semeou

**Natimorto**

Como adoro as serras
e estar entre as montanhas
entre os seios da terra
sem pessoas estranhas

pois, na cidade, padeço
não presto pra mundo cão
não quero mais endereço
quero mais é solidão

quero mais beber lagoa
comer a caça e o caçador
e ouvir canção que ecoa
de um pássaro passador

quero deixar de ser humano
pois nasci na raça errada
nasci pra ser mundano
nasci pras alvoradas

nascer homem, foi engano
pois deveria nascer
beija-flor

## Poeta-beija-flor

Os poetas-beija-flores
são desorientados, sem rumo
às vezes, no ar aplumam
às vezes, voam de costas
pra frente, pros lados
ou apenas ficam planados
nas páginas em branco

Os poetas-beija-flores
não nasceram pra serem enjaulados
são livres, no mar de néctar
dão voltas, mas o que importa
é que hora ou outra
a poesia transportam
seja na ida ou na volta

Quem poderia discordar
que o mais belo nessas aves
é a maravilha do seu voo
os milhares de bater de asas
imitam as batidas
desses corações exaltados
pelas cem, pelas mil
flores a serem beijadas

Mas ainda ouso dizer
que das belezas, dos adornos
a melhor de todas seria
a mansidão e a sabedoria
daquelas asas
pois por mais que o tempo passe
é certo o seu retorno
porque um poeta-beija-flor
sempre sabe o caminho de casa

## Escreventista

Escrever é organizar palavras
com a intenção de dar-lhes
um único sentido:
tocar corações
perdidos

Inventar é puramente inovação
ideias em quebra-cabeças
é trazer à tona ao mundo
todas as coisas loucas
que temos dentro
da cabeça

Ser artista é interpretar
pessoas através de gestos
é criar personagens
 às vezes bons
outras vezes
indigestos

E eu, como não me contento
com coisa alguma, com muito pouco
quero mais é ser os três:
escritor, inventor e artista;
serei tudo de uma vez
pois não me basta ser louco
daqui pra frente me apresento
como escreventista

**Hera**

A hera das eras
é mais que daninha
é mais que venenosa
é ódio, é guerra
é tua, é minha
é nossa maldade
espalhada pela Terra
essa crosta necrosa
chamada humanidade

**Abracejo**

Não existe nada tão bom
quanto um belo abracejo
aquele abraço apertado
seguido de um beijo
de quem se ama

abracejo pode ser o caminho
de outros carinhos
mais demorados

existe o abracejo de cama
aquele que desperta
outros desejos

o que importa
é que um bom cortejo
é o contato dos tatos
é fato, que um bom abracejo
torna-se um despejo de prazer
numa explosão de lampejos
da cauda de um cometa
como o verso do poeta
como paixão louca
seguindo a rota
do céu da boca

**Fome de palavras**

Eu como quando
tenho fome
na mesma fôrma
da mesma forma
que escrevo
porque das palavras
sinto necessidade
e algumas delas
andam perdidas
no mundo:
amor, respeito
solidariedade...
e quem sabe
ao repeti-las
de tanto versar
o repetido
alguém me dê
ouvido
e as espalhe
e as propague
nos corações
esquecidos

**A receita**

Quando era menino
menino mais novo
a extensão dos meus dias
simplesmente se resumia
assim:

acordava, comia e deitava,
apanhava, apanhava e apanhava
pra se levantar

depois escrevia
daí então lia, lia, lia, lia e lia
depois apanhava e apanhava
por não querer trabalhar

no almoço, comia e comia
depois, um pouco, dormia
e então apanhava e apanhava
para ao trabalho voltar

acordava e ia e trabalhava
e trabalhava e trabalhava
mas sempre que podia
me escondia e lia e lia e lia
daí também escrevia e escrevia

no café da tarde, comia e lia
e depois lia, lia, lia, lia e lia
até quando me pegavam
e apanhava e apanhava

depois do trabalho, lia
também escrevia e comia
e lia e lia e lia e lia e lia

antes do jantar escrevia
então comia, comia e comia
e depois reescrevia e lia
e depois escrevia e escrevia
e lia e lia e lia e lia e lia e lia

daí me xingavam e xingavam

apanhava, apanhava e apanhava
aí deitava e chorava e chorava
depois dormia e dormia e dormia

acordava na madrugada e lia
escondido entre as cobertas
ou pela luz vinda da fresta
da janela que dava pra rua
então lia e lia, lia sob a luz da lua

minha mãe então acordava
e me xingava, xingava e xingava
quando ela acabava, apanhava
apanhava, apanhava e apanhava

mas tudo isso eu repetia
em todos os outros dias
e assim minha vida ia e ia e ia...

E agora, minha família, vive
perguntando, perguntando
perguntando e perguntando:
donde surgiu esse poeta?

Olha, pra pergunta dispersa
mando resposta discreta
talvez tenha surgido
da minha alma incerta
ou debaixo das cobertas
ou entre as frases perversas
ou, então, de tanto apanhar
da vida, do mundo, do lar
o torto pelo torto, virou reta
hora ou outra, a alma caleja
talvez seja essa a receita
pra que se nasça
um poeta

**Monopólio**

Não monopolize
meu coração, solidão
nasci livre e assim morrerei
mas não vim ao mundo sozinho
porém sozinho partirei, eu sei
pois metade de minh'alma
perdeu-se a caminho,
contudo, ainda não é hora
então vá embora
porque meu amor logo chega

**Versar**

Não me julguem por versar
cada um tem sua sina
a minha, é clandestina
é de tanto insistir e tentar
assim conquistei poesia
agora grudada no fundo
do meu espírito

Cada um nasce com seu dom
mas eu nasci sem nenhum
apenas sou mais um
que não tem nada de bom
porém minha teimosia
meu desejo profundo
fez-me buscar meu-lírico

**Fantasmas**

Depois de tantos casos
quem sabe o destino
quem sabe o acaso
me toquem os sinos
dos apaixonados

Só o futuro me importa
então, adeus ectoplasmas
pois já tranquei a porta
pras visitas fantasmas
dos amores passados

**S**

De Salto em salto
coração num assalto
de felicidade

O choro não acaba, Sorocaba
e o peito sempre desaba
em cumplicidade

De pampa em Sampa
e o rosto estampa
sorriso que invade

Mas o que há em comum nessas cidades
por que doutros lugares mais nenhum
me causa tanta familiaridade?

Talvez seja apenas o S
esse maldito S
de Saudade

**Multiversos**

Às vezes, o verso
de um poema
pode ser um teorema
tão complexo
que se torna um reflexo
de um outro universo

**Inventista**

Eu queria ser inventor
desde pequeno, é verdade
queria criar novidade
dentro do meu interior

Agora é tarde, virei escritor
mas realizei meu desejo
crio palavras num lampejo
do brilho de uma estrela:
desexistir, abservar
escreventista, crimbar
abracejo...
agora só me falta vendê-las
em poemas, no varejo

**Osso, carne e sangue**

De osso puro
é a voz que urge
de fome incólume
a sombra vil
do intelecto

De carne trêmula
é o frio que geme
e bate e vibra
esse silêncio
do coração

De sangue pulsa
a canção latente
que canta triste
a enseada
de minh'alma

**Coração sobre a mesa**

Meu coração é um bonsai
envasado sobre a mesa
maltratado, ressecado
podado com frieza

os pequenos frutos
já não me dão mais
e minhas folhas caem ligeiras

sem mais nenhum atributo
sem mais nada, aliás
nessa sina rotineira

**Mendigos de rodoviária**

Sinto uma familiaridade
tão grande pelos mendigos
de rodoviária

a cada vez que os vejo
fico imaginando
donde vieram, pronde vão
ou melhor, pronde iriam,
pois são pessoas malvistas
em meio aquele cenário
de solidão

até porque rodoviárias
são ambíguas
às vezes trazem felicidade
recém-chegada
mas na maioria das vezes
não trazem nada

apenas servem pras despedidas
através de abraços de adeus
dos apaixonados
ou acenos e lágrimas
por trás das janelas
e olhos que acompanham
o rapaz ou a donzela
até se perderem de vista
até uma das almas
perder-se nas pistas
da vida

como a saudade habita
todas as rodoviárias
e eu sempre penso
será que entre as idas e vindas
e tantas outras partidas
os mendigos de rodoviárias
sejam apenas pessoas perdidas
a procurarem, incessantemente
alguém do passado

talvez um pai, uma mãe

um amigo, um irmão
ou simplesmente procuram
pelos seus amados

## Heresia

A minha procura
pela poesia
é constante
às vezes vem
num instante
noutras, porém
se dá em dias
de amargura

Se não a busco
o meu pensar
ofusco

Se não a acho
noites em claro
passo

Se não a encontro
uso reticências
não ponto...

Pois se não fizer
verso sequer, frase qualquer
é heresia

**Uma hora ou outra**

Uma hora ou outra
a gente descansa
dessa procura
dessa fissura
dessa andança

Ou uma outra hora
a gente se cansa
dessa tortura
dessa loucura
chamada esperança

**Destruidor**

Já destruí
tantos e tantos corações
que o meu, algum dia
destruirão
por isso decidi
abdicar das paixões
e viver na solidão
da poesia

**Urram**

Urram as dores
dum corpo
absorto
com seus próprios
erros

urram as almas
errantes
e distantes
da verdadeira
calma

urram os sonhos
perdidos
e esquecidos
em meio a tantos
desejos

urram as lembranças
tão inocentes
no inconsciente
de nossas eternas
crianças

**Olhos passados**

Eu traço o traço
do cansaço
no compasso
dum pedaço
do seu
espaço

Eu arrimo a rima
que se anima
lá em cima
nos climas
das suas
estimas

Eu procuro a cura
dessa loucura
dessa tortura
de amar sem
mesura
tua negrura

Eu quis, eu fiz
esses olhos anis
desenhados em giz
teu olhar infeliz
de quem não volta
mais

**Alma nua**

Imaginem se um dia
as nossas almas voam
almas cruas pelas ruas
almas livres, vadias
almas festeiras, à toa
almas limpas, almas nuas

assim reconheceríamos
as almas que são boas
as que são mais puras
e então correríamos
das almas leoas
e das escuras

ah, se as almas voassem
veríamos a verdadeira face
da maldade e da loucura

**Ditongo**

Na vida
sou como a vogal
de um ditongo,
a mais fraca,
é claro, então
fico perdida
num fonema banal
num amor passional
igual aos malditos ditongos
dessa palavra que mata
palavra ingrata
essa tal de paixão

## Hiato

Mesmo com tantos enganos
mesmo com tantas intrigas
não há quem não diga
que esse amor insano
só pode ser relação
antiga

e mesmo com tantos hiatos
mesmo com tantas fossas
não há quem possa
negar o que é de fato:
quão grande é a paixão
nossa

**Voto perpétuo**

Daqui em diante
serei frio
e não dividirei
meu coração
com mais ninguém
contudo, porém
o que farei então,
se tudo o que sei
e que vivencio
é a paixão
de amar a todo instante?

**Metáfora**

Não digo teu nome em vão
pois ele me é sagrado
e teu nome tem estado
nas minhas rimas e todos lerão
em versos sutis, sublimados
dirão o teu nome calado
nas minhas metáforas de paixão
e suas sílabas ecoarão
por toda eternidade

**Dia de poema**

Não há dia melhor
pra escrever poemas
do que segundas-feiras
porque segundas
são dias de problemas
dias de canseira
e tristeza profunda

Não há nada pior
que uma segunda-feira
pra um reclamador
reclama-se da vida
reclama-se da poeira
reclama-se do amor
reclama-se por besteiras

Então, que tal, lançar
suas frustrações, suas correrias
num pedaço de papel
em vez de lançá-las ao ar?
Vá! Lance-as ao céu
em forma de poesia

Se não sair poema
alguma outra coisa sai
pode ser uma praga
uma dor, uma chaga
que não tinha cura mais
pode ser um problema
uma tristeza, uma mágoa
em lágrima que cai

**Herança**

Como flores
de todos os perfumes
e cores
bebo versos
sobre saudade
infância, amores
e todas as coisas boas
dentro de mim, ecoam
para que eu me sinta
um pouco mais feliz
porém aprendi
que não se pode mudar
essa maldade que há em mim
pois nascemos assim
esse demônio interior
é o meu princípio
é o meu meio
e é o meu fim

**Poemo**

Poemo as tristezas
as chatices
meus tédios
versos bons, versos ruins
versos médios
poemo sandices
poemo certezas
mas o que mais poemo
ainda são as tristezas

Poemo sem fim
poemo começo
poemo os meios
poemo anseios
a todo momento
e tento e tento e tento
seguir na luta constante
de a cada instante
lutar contra o tempo

**Alcoolirismo**

Eu bebo porque tenho sede
sede de amor, sede de vida
sede de poesia
eu bebo porque sinto agonia
ao perceber que são poucos
os sedentos
que são poucos os loucos
que bebem versos
pra amenizar os lamentos
e toda essa certeza
de que o mundo
não tem mais jeito

Eu bebo porque sou imperfeito
eu bebo porque sou a própria tristeza
eu bebo porque a minha sede
também é daquilo que a gente nem teve
é maior que os meus desejos
é maior que os seus beijos
e toda nossa hipocrisia

Eu bebo porque não sinto nada
minha sede é desenfreada
uísques, ópios e calmantes
produzem os mesmos efeitos
dos amantes
então eu bebo e bebo tanto
pra esquecer esses desencantos
que me batem forte
e me causam cortes
dentro do peito

## Versos meio-alegres

Gosto é de gente
que chega em nossas vidas
somente pra somar
não importa o que seja
que some os amores
que some as dores
que some as tristezas

Que una sua solidão com a minha
ou que esteja disposto, pelo menos
a cenários mais amenos
que se perca comigo
ou então que me ache
antes que a vida se acabe
nessa escuridão
totalmente indiscreta
totalmente incerta
dessa louca paixão
que é a vida poeta

Até porque cargas negativas
ao serem somadas
se convertem em
energias vibrativas
em rimas positivas
sei lá, não importa
o importante é que a porta
sempre estará aberta
para versos meio-alegres
porque em mim
uma coisa é certa
é que gosto mesmo
de pessoas entregues

**Nem tão triste**

Em certos momentos
o verso cansa
de versar contratempos
de versar sobre saudade
de versar sentimentos
de desesperança

é verdade, o poeta e a tristeza
caminham de mãos dadas
juntos, sentam-se à mesa
e conversam e pensam e choram
mas, às vezes, dão gargalhadas

o poema, quase sempre
nasce dentro desse ventre
de solidão

o poema é como lágrima
que escorre pras folhas
formando refrão

mas um dia chega a hora
que tudo isso se transforma
e toda dor que existe
de repente, desaparece
vai embora

não se sabe pra onde
nem como, nem quando
mas uma coisa é certa
o poeta só não é tão triste
quando está amando

www.ingramcontent.com/pod-product-compliance
Lightning Source LLC
Chambersburg PA
CBHW081355160726
48000CB00010B/3358